文芸社セレクション

わたしは きかんしゃ

好郷 えき

KOZATO Eki

文芸社

足元には銀色に光る二本のレール。後ろには石炭と水を積むための炭水車を連結し、頭のてっぺんには太くて短い煙突が据《す》わる。わたしの名前は、アビー。黒く光る鉄のボディに身を包んだ、機関車である。

みんなが知っているように、機関車は、人間のように話したりすることはできない。多くの機関車がそうであるように、わたしもそんなありふれた機関車の一台である。

イギリスのなんとか島《とう》という場所へ行けば、機関車にも表情があり、他の機関車や人間達と会話ができるらしいが、今のところ、そのようなところへ行くつもりはない。

なぜなら、わたしが話せなくとも、機関士の彼が、わたしの考えていることや言いたいことをわかってくれるからだ。

もくじ

第一章　わたしは　きかんしゃ

　青い空の下に広がる緑の丘。のどかな田舎を象徴するように、羊達が草を食《は》むこの丘からは、湖が一望できる。少し奥へと進めば、背の高いスズカケの木や、すらりと伸びるシラカバの木が立ち並ぶ地帯に。春にはブルーベルの花が咲き、この丘一面を青いじゅうたんが覆う。森に囲まれた小さな村の小さな駅。この駅とふもとの駅とを結ぶ支線が、わたしの仕事場である。

　ポーッ！　ポーッ！

　ふもとの駅は、大きな街から街へと走る急行列車や長距離旅客列車の通る本線と接続している。本線の列車から乗り換えてくる人々を乗せ、わたしはひたすら丘を上り、頂上にある村の駅まで走る。そして、頂上の駅で乗客を降ろすと、今度はふもとの駅へと向かう人々を乗せ、今来た線《み》路《ち》を下っていく。

ウーシュー ッ!

途中に停車駅は一つもない。でも、この単調な行ったり来たりが、頂上の村に住む人々やそこを訪れる人達の足となり、支えになっているはず。わたしはいつもそう自分に言い聞かせながら、客車を引っぱっている。

「ハードウィック行き! ハードウィック行き、発車いたしまーす!」

ピリピリピリッ!

車掌の笛が鳴り響き、六枚の車輪を束ねるピストン棒に力が入る。シリンダーに溜まった蒸気でピストン弁が押され、車輪が動き出す。ところが、いざ第一歩を踏み出そうとした、そのとき……。

「ストーップ!」

叫び声と共に、突如として、わたしの車輪にがっちりとブレーキがかかった。見ると、機関室に立つ青年が全体重をかけ、ブレーキハンドルを引いている。彼の名前は、ハリス。わたしの機関士だ。

「ど、どうしたんだ、急に?」

かまに石炭をくべていた助手も突然の出来事に驚いていたが、機関士の彼の視線を

追って、客車の方に目をやると、事態を理解したようだ。なんと、立派なスーツに身を包んだ紳士が客車のドアノブを摑《つか》んだまま、列車にしがみついているではないか。どうやら遅れてホームに駆け込んできたその紳士が、強引に客車に乗り込もうと、咄嗟《とっさ》にドアノブを摑《つか》んだようだ。

危ないなぁ……。

ホームにいた荷物係の男達もびっくりした表情を浮かべており、取り囲むようにその紳士の元へと集まっていく。ところが、紳士が客車を離れる様子はなく、降りてきた車掌も、これでは出発の合図は出せないと、こちらに向かって、首を横に振って見せた。

「ちょっと行ってきます。」

面倒な事態を察したハリスが機関室を降り、

その紳士と車掌達とが揉めている中へと入っていく。

「どうしましたか?」

彼が尋ねると、事情を説明しようとする車掌を押しのけて、例の紳士が割り込んできた。戸惑う周囲をよそに、紳士はハリスに何かを訴えている。現実とは裏腹に、まるで自分が駅員達から迷惑をかけられているかのように……。

なるほど、やはり、列車に乗せろと言っているようだ。自分はとても急いでいるのだから、と。しかし、遅れてやって来た人まで乗せていたのでは、いつまで経っても出発できない。この列車に現在《いま》乗っている人達はみんな、定刻前に来て、待っていてくれたのだし。気の毒だけれど、次の列車を待ってもらわないと……。

えっ、何? 冗談じゃないって?

次の列車まで一時間あるから、何だって言うんだ! そんなにこの列車に乗りたければ、この一本前の列車に乗り遅れればよかったんだ!! さあ、駅員さん、早くその人を引き離してくれないか!!! これでは、他のお客さんが待ちぼうけを食ってしまうじゃないか!!!!

……こほん、申し訳ない。物語の語り手としては、事の成り行きをありのままに描写すべきなのだが、いかんせん、自分も登場人物の一人なので、時として、このように個人的感情がこもってしまうことがあるのだ。

コッ、コッ、コッ！

ふと気付くと、ハリスはすでにわたしの方へと歩いてきていた。彼が機関室に乗り込むと同時に、車掌が再度、笛を吹く。

「出発進行！」

わたしは走り出す直前にちらりと後ろに目を向けたが、ホームに紳士の姿はなかった。どうやら、客車に乗ったようだ。確かに、これで出発はできるけれど、でも……。

「今日はやけに蒸気が多いなぁ。」

走り出してしばらくして、助手が言った。

「かまの温度が高すぎる！」

周りの迷惑も考えずに駆け込み乗車をしてきた紳士。その身勝手な行動を許して、簡単に列車に乗せてしまったわたしの機関士。二人に対する沸々とした思いが、かまの中で燃える炎をも焚きつけてしまったのだろうか。

「そういえば、さっきのお客さんは、結局、乗せたのかい？」

　ボイラーへ水を供給する装置のハンドルに手をかけながら、助手が並んで立つ彼に尋ねた。
「ええ。どうしてもこの列車に乗らないと間に合わないとのことだったので。」
「ふうん。まぁ、あれだけゴネられたら、仕方ないだろう。厄介事は勘弁だ。」
　今、わたしの怒りの対象が二人から三人に増えた。かまの温度を示す計器の針が、さらに上へと触れる。すると、石炭をくべる手を休め、ハンカチで汗を拭う助手の隣でハンドルを握ったままの彼が、その重そうな口を再び開き……。

「でも、時間を守って乗車してくれていたお客さん達には、悪いことをしました。あのときは規則を通すことよりも、定刻通りに向こうの駅にたどり着くことの方が大事と思って、ああいう判断をしましたが……。」

「……？」

「それでも、中には嫌な思いをさせてしまったお客さんもいたでしょうね。」

「……。」

　口調は穏やかながら、そう話す彼の面持ちは、今回のことをひどく気にしていることがはっきりとわかるもので、助手もそんな彼に返す言葉を失っていた。

ウーシュー ッ！

……ずるいなぁ、ハリスったら。お客さん達のこと、実はちゃんと考えていたなんてさ。そんなふうに言われたら、ずっと怒っていたわたしが悪者みたいじゃない。

「……あれ、かまの温度が下がってきたぞ。」

シュー ッ！　シュー ッ！

怒りに任せて蒸気を吐いていたわたしは、どうやら水を使い過ぎてしまったらしい。目的の駅への到着を前にして、水切れを起こしそうになっているわたしを、機関士の彼が途中にある給水塔の前で停車させた。

ウーシュー ッ！

予定にない停車に騒ぐ乗客達を、車掌がなだめて回る。その間に、助手が給水塔から伸びるホースを炭水車の水槽に差し込み、ハリスが栓をひねった。

ジョボボボボボ！

ああ、お客さんへの心遣いのなさといい、この立ち往生といい、完全にわたしの負けだな。きっと、彼もこんなわたしに呆れているはず。

ところが……。

「さっきは、君にもすまないことをした。急にブレーキをかけてしまって。」

見ると、彼はいつの間にか、わたしの隣に立っていた。そして、周りに気付かれないようにか、囁きかけるように声を潜め……。

「駆け込み乗車は一歩間違えれば大怪我をする危険な行為だし、周りにも迷惑をかける。それを許してしまった僕も含め、君が憤《いきどお》りを感じるのも無理はない。」

……。

カタン！

「でも、もしよかったら、もう一度、力を貸してくれないかい？　あの人を乗せてしまった分、無事に頂上の駅まで送り届けるって約束だけは守りたいんだ。」

ちょうどそのとき、給水が終わり、助手が彼を呼ぶ声がした。

……もう、しょうがないな。水をもらって、蒸気も蓄えられたし。そろそろ、本気で走らないとね。これだから、人間と働いていると、疲れるよ。

ポーッ！　ポーッ！

後半の巻き返しが効いたのか、列車は時間ぎりぎりで駅に到着した。

わたしも、まだまだ、捨てたもんじゃないな。これなら、あのお客さんも文句はないでしょう。

あっ、噂をすれば、あの人が……。出口のあるこちらに向かって、バタバタと駆けてくる。

ドン！

えっ！　今、あの人、子どもにぶつからなかった？

ドタドタドタドタッ！

それなのに、あの人、見向きもせずにそのまま、進み続ける。

子どもは？

よかった。怪我はしていないみたい。

でも……。でも……。

ウーシュー——ッ！

「うわっ！」

ホームを走ってきた紳士に、勢いよく噴き出したわたしの蒸気が直撃する。

「な、何をするんだ！」

紳士はかんかんに怒っている。

〝やっ、ちゃった……〟

　ハリスが機関室から降りてくるや否や、彼に詰め寄る紳士。顔を真っ赤にして怒鳴るさまが怖くて、わたしは思わず、目を背けてしまった。

けれど、ハリスの方は……。

「すみません。お客さんがすごい勢いで走ってこられたので、びっくりして、レバーを触ってしまったようです。」

　淀みなくそう言い放つ彼は、涼しい顔をしていた。紳士の方は、彼のその様子になお一層、ムッとしたようだが……。

「この機関車、古いので、ちょっと触ると、蒸気が漏れてしまうんですよ。ほら、こんなふうに……。」

コン！

ハリスにボイラーを叩かれ、わたしは咄嗟に、

シュッ！

と蒸気を吐いた。紳士も、彼の突然に行動にびっくりして、こちらを向いたまま、一、二歩、後ろへと退く。

「ひどいときは、もっとすごいんですよ。きっと、もう少し強く叩けば……。」

彼が再び、ボイラーを叩こうと、腕を高く振り上げる。紳士はさっきよりもさらに輪をかけて、目を丸くし、顔を強張《こわば》らせると……。

「わかった、わかった！　もういいっ！　これからは気をつけたまえよ。」

あくまで強気な姿勢のまま、ホームを後にする紳士。しかし、その後ろ姿は、まるで腰が抜けてしまったかのようにふらふらで、蒸気を浴びたズボンの裾からはぽたぽたと水滴が滴《したた》り落ちていた。その姿にわたしは思わず笑いが込み上げてきたが、隣でハリスが窘《たしな》めるようにこちらを見つめていたため、慌てて、笑うのをやめた。と言っても、わたしがどんな表情をしているのかは、わたし以外にはわからないのだけれどね。

わたしはあの人が許せなかった。本当は、もう二度と来んなって言ってやりたかった。けれど、わたしは言えない。だから、蒸気を吹きかけてやった。やった後で、少し後悔した。わたしの機関士に食って掛かるある人を見て。わたしの本心が伝わらなくてよかったと少し安心したけれど、本当は伝えられていれば、もっとよかったのかな。

けれど、後で、彼は一言、
「あのお客さんには、いい薬だ。」
と言ってくれたのだった。

いつも彼がそばにいてくれてよかった、と思う。自分を嫌いにならずにいられるから。彼の思いやりが、この車輪を付けた鉄の塊に力を与えてくれる。
わたしも、彼にとっての、そういう存在になれたらいいのだけれど……。
でも、それは難しいかもしれない。だって、わたしは機関車なのだから。

第二章　切符売り場のあの娘《こ》

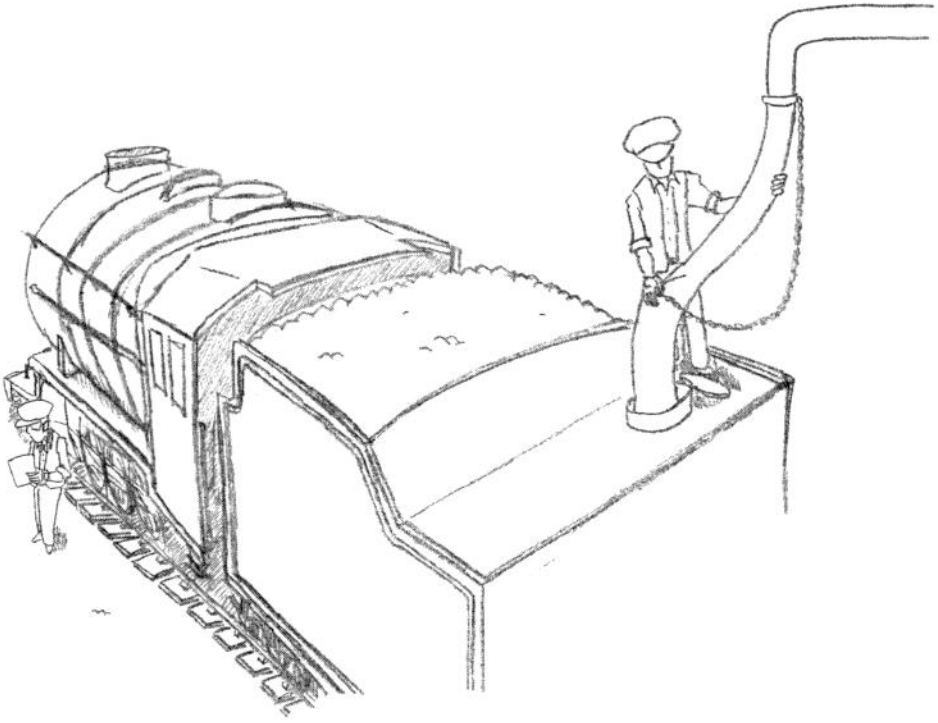

ハリスは、わたしの機関士である。機関士とは、わたし達機関車を操縦し、走らせる人。つまり、運転士だ。そして、この機関士の隣には、助手がいる。助手こと、機関助手というのは、かまに石炭をくべるのが主な仕事だが、それに限らず、様々な面において、機関士をサポートする役目にある。機関車にとっても、機関士と同じくらい、欠くことのできない存在と言える。

　しかしながら、わたしはそんな彼らの名前すら知らない。ハリスと違って、助手の役には毎日、違う人間が乗り込んでくるからだ。常に同じ機関車を同じ機関士と助手が運転する、というのが慣行であるこの鉄道としては、ごく稀なことと言えよう。わたしみたいな時代遅れの機関車には乗りたくないのか、それとも、変わり者のハリスとは一緒に働きたくないのか。いずれにしても、わたし達は人気がないようだ。

でも、みんながみんな、そんな人ばかりではないことも、わたしは知っている。たぶん、ハリスも……。これは、そう思うに至った一つのきっかけの話である。


それは、ある暑い夏の日のことだった。観光に値するようなものはないに等しいわたしの支線だが、それでもこの季節になると、気持ちのよい郊外を求めて、いつもよりは客足が増える。とはいえ、わたし一台だけで切り盛りしているこの線では簡単に列車の本数を増やすことはできないので、必然的に列車一本あたりに乗るお客さんの数は多くなる。

ポーッ！　ポーッ！

普段よりも重たい客車に手を焼きながら、丘を上っていくわたし。そして、真夏の暑さに加え、火がボウボウと燃えるかまの前に立ち、汗だくのハリスと助手の若者。

ウーシューッ！

ボイラーの具合は申し分なしだったが、それでもやはり、満員の列車はこたえた。

しかも、その日は遅れてきた本線の列車を待っていたため、こちらの時刻表にも遅れが出ていたのだ。ようやく、頂上の駅に着いたかと思うと、すでに次の列車の発車時刻となっていた。

シュー ッ! シュー ッ!

「だめだ、水が足りない。」

計器を確認していたハリスが言った。

「次の列車の発車を遅らせてもらうよう、自分が駅長に話してくるので、君は最小限の給水を済ませて、列車をホームまで連れてきてください。」

彼は助手にそう言うと、機関室を降りていった。もし、このとき、次の出発の準備をしたのがハリスの方だったら、この後に起きるトラブルは避けられたのかもしれない……。

ウーシューッ！

給水塔のある待避線までやって来ると、助手がわたしの炭水車の水槽の蓋を開け、給水塔から伸びるホースを差し込む。

ガシャン！

今日の助手は若くて元気がいいが、その分、所作が乱雑だ。本日、すでに二回、わたしの車体《ボディ》に傷をつけている。

ジョボボボボボ！

給水塔の栓がひねられ、冷たい水が、空っぽになりかけていた水槽を潤す。そこへ、わたしの隣で退屈そうにあくびをする若者に、誰かが声をかけてきた。彼との会話の内容から察するに、その人物もどうやら、この鉄道の鉄道員らしい。用事があって、今日はこの頂上の駅までやって来たのだとか……。

「それで、どうだい、この機関車の乗り心地は？」

何気ない雑談から、不意に、こんな質問が助手の若者へと投げかけられた。質問した方の鉄道員は、なんだかいやらしげな笑みをこちらに向けている。

「どうもこうも。なにしろ、機関士はあのハリスですからねぇ。ツイていませんよ。」

むむっ！

「変わり者でとっつきにくいという噂は聞いていましたが、確かに、無愛想で無口だから、息が詰まりますよ。」

……。

「そのくせ、たまにぼそぼそと独り言を言っているから、気味が悪くて。」

やはりと言うべきか、どうやら、わたしの機関士が周りの同僚からあまり良く思われていないというのは事実らしい。前から薄々わかってはいたことだが……。

と言っても、この助手の若者だって、おしゃべりに夢中で、仕事を忘れてしまっているではないか。乗客を待たせているから、給水は次の往復に必要な分だけでいいとハリスが言っていたのに、水はまもなく水槽の淵のところまで到達しようとしている。

まったく……。

ポッ！

至近距離で突然、汽笛を鳴らされ、飛び上がる二人。

「ああ、もう行かないと。」

助手はもう一人の鉄道員と別れると、客車をつなげ、わたしを駅のホームへと走らせた。

こんなやつらに何を言われたって、気にしない。きっと、ハリスなら、そう考える。でも、わたしは……。

ポーッ！　ポーッ！

乗客達と共にホームで待っていた彼は、わたしを見るなり、一言、

「何かあったの？」

と。さすがだと思った。

出発を遅らせて走り出した列車も、ふもとの駅でお客さんを急かしたおかげか、正午を報《しら》せる鐘が鳴る前に頂上の駅まで戻ってくることができた。しかし、その分だけ、わたしもハリスもへとへとに。この後がお昼休みで、本当によかった。

ウーシューーッ！

おしゃべりな助手のおかげで、炭水車の水はまだ十分にあったが、わたしは再び、給水塔の前の風通しのいい待避線《たいひせん》へと移されたので、そこで車輪を休ませることにした。重労働を終えてホッとするわたしを見て、ハリスも安心した様子で昼食を取り始

めた。わたしの大きなボイラーが、彼に、涼しい日影を提供している。そこへ、駅舎の方から誰かが歩いてくるのが目に入った。

切符売り場の娘《こ》だ。時々、乗客を案内したり、荷物係を手伝っていたりするので、駅のホームで見かけることがある。髪は短いけれど、あの肌の白さに、しなやかで細い身体の線からして、女性だとすぐにわかる。

「どうぞ。駅長からの差し入れです。」

彼女が、わたしの隣で木箱に腰かけていた彼に、オレンジジュースの詰められた瓶を差し出す。

「ありがとうございます。」

「暑いのに、大変ですね。」

手渡されたそのガラス製容器の外側を覆う結露のように、額《ひたい》や首筋に水滴を浮かべる彼を見ながら、彼女が言った。

「まあ、仕事ですから。」

笑顔で話しかけてくる彼女に対し、彼の態度はそっけなく、飲みものを受け取ると、彼はすぐにまた、木箱へと腰を下ろしてしまった。その顔の鼻より上は、帽子のつばに隠れてしまっていて、わたし達からは見ることができない。そんな彼に、彼女は上げていた唇の両端を戻すと、手にしていたもう一本の瓶入りジュースを渡しに、離れて座る助手の方へと歩き去っていった。

ハリスったら、せっかく、あんな可愛らしい娘《こ》が話しかけてきてくれたっていうのに……。まあ、あの助手の若者みたいに、向こうが去ろうとしているのに話しかけ続けるのもどうかと思うけど。少しは愛想よくしてみればいいのに。話しかけられて、嬉しかったんでしょう。

ハリスがわたしのことをわかってくれるように、わたしだって、少しはわかっているつもり、あなたのこと。あなたがさっきみたいにあまりしゃべらないのは、うまくおしゃべりできないから。おしゃべりするのが嫌いなわけじゃない。そして、人とあまり関わろうとしないのも……。きっと、同じ理由なんでしょう。

怖いのはわかるよ。今まで関わってきた人、みんなといい思い出があるわけじゃないものね。でも、それでも……。

そんなこんな考えているうちに、昼休みは終わってしまった。

ウーシューッ！
このもやもやとした気持ちを消せないまま、走り出したせいだろうか。ふもとの駅から折り返す途中、わたしは急に、車輪に力が入らなくなってしまうという事態に陥った。助手が大急ぎで石炭を放り込んだが、かまの火はなかなか大きくならない。ピストン弁にかかる蒸気圧は下がり、上り坂にさしかかったわたしの速度は、みるみるうちに落ちていった。
「燃えている石炭をかまの手前側に集めて、そこで火を大きくしてください。なるべく大きい塊の石炭を使って。」
ハリスの機転で、なんとか、電話のある古い駅までは走ることができ、それ以上に面倒が広がることは避けられた。とはいえ、自分の列車を別の機関車に引いてもらうことになり、わたしは少なからず、悔しいという思いに心を痛めることとなってしまったのだが……。

けれど、わたしのそんな気持ちも、ハリスはちゃんとわかっていた。

「せっかく頑張って、遅れを取り戻したんだものね。でも、すまない。故障の原因がはっきりとしない中で、終点を目指すという判断はできなかったんだ。」

残念そうな表情を浮かべるわたしの機関士。でも、おかげで、少し冷静になれた。と言っても、このときはすでにかまの火が消えてしまっていて、本当に車体《からだ》全体が冷えてしまっていたのだが……。

ブッブーーーッ！

その後すぐ、ディーゼル機関車がやって来て、わたしを工場まで引いていってくれた。故障の原因は、何のことはない、かまの底に穴が空いていただけだった。劣化して抜けた穴から火の点いた石炭が下にこぼれ落ちていたため、ボイラーの水を沸かすだけの十分な熱が得られなかったというわけだ。

ポーッ！　ポーッ！

修理自体はすぐに終わり、帰りは自力で走っていくことができた。ふもとの駅まで戻ってきたとき、ハリスは一旦、わたしを待避線へとバックさせた。ちょうど、頂上の駅からの最終列車が到着したところだったのだ。

　ウーシュー ッ！

　わたしの客車を引いた代わりの機関車が、ホームに停車する。そのそばでは、駅のどこからでも見えるよう、背の高い鉄柱のてっぺんに取り付けられた時計が時を刻んでいたのだが、それは今、いつもわたしがここに到着するのと一分も違《たが》わない時刻を指していた。昼間、わたしの立ち往生のせいで遅れが出ていたはずなのに……。どうやら、代わりの機関車がうまく遅れを取り戻してくれたようで、降りてきた乗客達もみんな、笑顔で本線の列車へと乗り換えていく。その様子を見て、少しホッとしたような、やはり悔しいような……。

　すると、その降りてきた乗客の一人が駅の外れにいるわたし達に気付いて、駆け寄ってきた。

　……彼女だ。昼間、飲みものを持ってきてくれた切符売り場のあの娘《こ》だ。駅員の制服からおしゃれなスカートを纏《まと》った私服姿に着替えているところを見ると、家に帰る途中のようだ。

「お疲れさまです。今日は大変でしたね。」

すでに太陽も姿を消し、月の輪郭がはっきりと見えてきた暗がりの中、外灯の明かりの下で見ると、改めて、そのきめが細かく、白くてなめらかな肌をしていることに目が惹《ひ》かれる。当方、機関車でありながらも、同性として、憧れてしまう。

「えっ、ええ、まぁ。でも、今日のは、自分の整備不良が原因ですから。」

ハリスが右手でわたしの車体を擦りながら、返事をする。もとより身長が高めの彼では、平均的な女性の背丈をしている目の前の彼女に対し、今回は帽子のつばで視線を遮るという手段がとれない。どぎまぎしている彼の胸のうちが、触れられた手を通じて、伝わってきた。

「……そう、だったんですか？」

一方、彼の自責の言葉を聞いて、不意にわたしを見上げてきた彼女の顔からは、さっきまでの笑みが消えていた。表情の抜けたこの顔を目にするのは、本日二度目だ。しかし、それも束の間のことで……。

「でも、もう大丈夫みたいですね。よかった。」

彼女は、元通り蒸気を吐けるようになったわたしを見て、再び、笑顔を見せた。臆病にも彼女から視線を逸らし、わたしの車輪を用もなく覗き込んでいた彼でさえも、その言葉と笑顔に思わず、外していた視線を戻していた。

「……それじゃあ、お先に失礼します。」

会話の続きを完全に見失い、沈黙する彼を前に、話題も尽き、退《しりぞ》きどきを察した彼女が、帰ろうと向きを変える。すると……。

「あ、あの……。」

いつもは聞かない彼の、落ち着きを欠いた声が飛んできた。

「はい？」

立ち止まり、振り返った彼女と彼の目が合う。

「……お疲れさまでした。」

挨拶としては月並みでも、今日初めて、彼から投げかけられた言葉。その言葉に、今度は、彼女が戸惑いを覚えたらしい。それでも、彼女は最後まで笑顔で……。

「はい、お疲れさまでした。明日もまた頑張りましょう。」

意外なことの連続だったが、何より最後は、彼女の笑顔に引っぱられたかのように、彼の顔が少しばかり和らいだ表情を見せたことに、わたしは驚かされた。

〝そういえば、ハリスの笑顔って、あんまり見たことなかったなぁ〟

そう思ったら、なんだか不思議と、小さくなっていく彼女の後ろ姿に不安を覚えた。彼と仲良くしてくれる人ができて、それはわたしにとって、喜ばしいことのはずなのに……。

第三章　彼女との出会い

わたしの名前は、アビー。実は、この〝アビー〟という名前、他の鉄道員はもちろん、ハリスでさえも知らない。なぜなら、わたしが自分で勝手につけた名前だからだ。

わたし達機関車の中には、世間で認められた名前を持つものもいるが、わたしにはそれが与えられなかった。名前の代わりに、他の機関車と区別するための番号はあるが、それも忘れてしまうぐらい、近頃、使った覚えがない。なにしろ、この支線を走るのは、わたししかいないのだから。改めて番号で呼ばなくとも、この支線を走る機関車といえば、わたしにたどり着くのだ。

とはいえ、名前もないよりはあった方がいい。

こうして、わたしの物語を読んでくれているあなたにも、単に〝わたし〟と自称する機関車と認識されるよりも、〝アビー〟と名前で呼ばれた方が嬉しいもの。なにより、自分でつけたとはいえ、名前があるということは、わたしがこうしてこの世に存在しているということの証になっているのだから。

だから、本当は、名前そのものは何でもよかったのだ。実際、〝アビー〟という名前も、確か、駅だか操車場だかで人々が交わす会話から、耳にしたものの中で一番聞こえのよいものを選んだだけで、特別に意味があったわけではない。

でも、今は、この名前にしてよかったと思っている。なぜなら、この〝アビー〟という名前が女の子につけられる名前だからだ。ああ、この話になると、わたしはいつも、ある人物と出会ったときのことを思い出す。

その当時、わたしは、男とか女とか、性別というものがあるということさえ知らず、自分がどちらかなんて、考えもしなかった。いや、むしろ、それが自然なのだろう。わたしは機関車なのだから。

でも、あるとき、ハリスが、人間には男と女があること、生まれた時点で身体に特徴があり、男か女かほぼ決まっていることを教えてくれた。その話を聞いた後《のち》、駅や構内で見かける人達に目を向けてみると、なるほど、男性と女性とでは、服装や顔立ち、話し方などにおいて、それぞれ、似かよった点があることがわかった。そして、両者ではお互いに違うところがあるということも。彼女との出会いは、ちょうど、それからまもなくのことであった。

その年の冬は特に寒く、質《たち》の悪い風邪が流行していた。ハリスも例に漏れず、体調を崩していたようだが、薬で症状を抑えながら、機関室でハンドルを握っていた。一方、助手を担当する人達の間でも、この流行り病に冒され、欠勤する者が続出していた。同じ人が二日三日連続で乗り込んでくるということも珍しくなかった。

そんなある日のこと。朝早く、いつものように、助手と思しき人物が、ハリスと共に機関庫に現れたのだが、その人物が今日初めて一緒に働く相手だということは、すぐにわかった。すらりとした長身に、ミディアムロングの髪を後ろで束ね、濃い目のアイラインでぱっちりした瞳が目立つ。女性の助手が来たことは、今までに一度もなかったからだ。

シュー ッ！　シュー ッ！

ハリスの指示で準備が進められ、程なくして、わたしは客車をつないで走り出す。

初めこそもたつくことも多かったが、その初対面の助手が一生懸命やってくれていることは、すぐに伝わってきた。それに、彼女はよく気のつく性格のようで、駅に到着するたびに自分達の立つ機関室の床を掃き、灰の溜まるかまの下もきれいにしてくれた。おかげで、心倣《こころな》しか、蒸気の出もよく、わたし達は快適に午前の旅を終えた。

ガチャン！

彼女が客車との連結を解き、機関室に戻ってくると、ハリスが言った。

「駅長に呼ばれました。すみませんが、代わりに機関車を待避線に連れていってもらえますか？」

「ええ、いいですよ。」

彼女の返事を聞くと、ハリスは機関室を降り、駅舎の中へと消えていった。彼女が操縦桿《かん》を握り、わたしを給水塔のある待避線へと走らせる。最初に違和感を覚えたのは、このときだった。

ギュッ！

レバーに触れた彼女の手が思っていたより大きくて、しっかりとしていたのだ。以前、切符売り場のあの娘《こ》がわたしに触れたときには、手の皮膚がとてもやわらかいのを感じた。ハリスを始め、いつも男の人しか乗ってこないので、これが女の人の手なのだと驚いたのを覚えている。

しかし、こちらの彼女のそれは、どちらかというと、ハリスと近いものがあるように感じられた。厚手のグローブをはめていたからだろうか。小さいと思っていた手が、バルブのつまみをしっかりと片手で摑《つか》めるほど、大きかったからかもしれない。

だが、ここで違和感を抱いたことを悟られては、せっかくよくしてくれている彼女に失礼になると思い、わたしは努めて冷静に振る舞った。

とはいえ、一度、気になってしまうと、簡単には無視できなくなってしまうのが、わたしの心の弱いところだ。待避線に止められ、給水塔のホースを差し込まれたわたしは、お昼休みの間ずっと、自分の隣でハリスと一緒に昼食を取る彼女の方に、じっと視線を注いでしまっていた。

「やっぱり、外はまだ寒いですね。」

さっきまで機関室のかまの前で額《ひたい》に汗を浮かべていた彼女らも、屋外での昼食では寒さを感じているようだ。

「ハリスさん、そのお弁当、手作りですか？」

「ええ、まぁ。といっても、昨日の夕食の残りを詰めただけで――」

彼女の問いかけに対し、あの人見知りのハリスがいくぶん慣れた様子で受け答えをしている。どうやら、以前から面識があるようだ。

出発前の準備中や機関室の中では、ハリスの指示のもと、黙々と仕事をしていた彼女も、素はおしゃべりでよく笑う人物だった。明るく話すことが功を奏してと言うべきか、意図してなのかもしれないが、地声が若干低いこともあまり目立ってはいなかった。

といっても、先ほどから彼女のことが気になりつつあったわたしの頭には、ある疑問が浮かんでいた。

〝彼女は本当に彼女なのだろうか？〟

我ながら、この疑問を抱いたこと自体を不思議に思うのだが、今は、この疑問文こそがわたしの現在感じている違和感を的確に言い表しているように思えた。

シューッ！　シューッ！

やがて、午後一番の列車を出す時間となり、わたし達は再び、お客さん達を乗せた客車を引いて、丘を下っていった。ハリスの調子がおかしくなってきたのは、ちょうど、その折り返し列車を引いて、丘を上っていたときのことだった。

「ごほっ、ごほっ！」

苦しそうに咳き込むようになり、鼻をかむ回数も極端に多くなった。

「大丈夫ですか？」

すっかり青ざめている彼の顔色を見て、彼女も心配そうだ。

「すみません。大丈夫で……。」

心配無用と手を振るハリスだったが、その口から発する言葉の方は、咳がひどく、続けられなくなっていた。

ウーシューッ！

なんとか頂上の駅までたどり着くと、彼女はハリスを座らせ、客車との連結を外し、わたしを給水塔の前まで走らせた。

「ハリスさん、お昼ごはんの後、薬、飲みましたか?」

「い、いいえ。だいぶ、症状も治まってきていたので……。」

機関室の壁にもたれかかりながら、息も絶え絶えに答えるハリス。すると、その目の前に突然、美味しそうなスコーンが差し出された。

「とりあえず、これ食べて、薬を飲んでください。」

「これは……?」

「三時のおやつにと思って、作ってきたんですけど。いいから、食べてください。あっ、私、お水持ってきますね。」

「いや、お茶がありますから。」

そう言って、ハリスが持参した魔法瓶に手を伸ばすと……。

「薬は水で飲んだ方がいいんですよ。」

彼女はそう言って、機関室を降りていった。駅舎の方へと駆けていく彼女の頭の後ろで、一つに結わいた髪の毛が揺れる。

「君はわりあい目敏《めざと》いから、もう、気になっているかもしれないね。」

彼女の後ろ姿をじっと目で追っていたわたしに、かまの前で座り込んだまま、ハリスが話しかけてきた。

「彼女は、オリヴィア。本当の名前は、オリバー。彼女は、男性だ。」

ん？

さっき抱いた疑問の答えとしてはしっくり来たが、それでも、このときまだ知識の乏しかったわたしには、ハリスの言ったことがすぐには呑み込めなかった。

「以前、君に性別の話をしたことがあったね。人間には男と女があって、生まれた時点ですでにそれは決まっている、と。もしかしたら、少し説明が足りなかったかもしれない。人間はね、身体で性別がはっきりしていても、心の中もそれと同じとは限らないんだ。」

もう姿は見えなくなっていたが、彼女が消えていった駅舎の裏口を見つめながら、ハリスは続けた。

「彼女は男性に生まれたけれど、昔から女性になりたかったそうだ。それは嫌な思いもいっぱいしたみたいだけれど、それでも、女性として生きたいという思いがあって、彼女は今、こうして、ここにいる。」

それから、ハリスは二度ほど咳き込むと、さらに声を細めて言った。

「でも、この話をするのは、ここだけにしよう。今は、君の違和感を解消するために話をさせてもらったけれど、彼女が男性だということは、ほとんどの人は知らない。それが彼女の望みだからね。僕も、他の人には言わないという約束で、以前に教えてもらった。実際、この手のことについては、あまり理解のない人も多いんだ。でも、彼女は、仕事は真面目だし、ああいうふうに細かいところにも心遣いのある人だ。肝心なのは、そこだ。君もそう思うだろう?」

そこへ、彼女が戻ってきた。飲みやすいように、少しお湯を混ぜたコップを持って。

ポーッ! ポーッ!

薬を飲んだおかげで、ハリスの症状も落ち着き、その日は無事に最終まで列車を走らせることができた。後片付けを終えた帰り際、助手の彼女はハリスと話しながら、わたしを見て、

「素敵な機関車ですね。」

と言ってくれたのだった。

気候の変化と共に、ハリスの体調はすっかり良くなり、病欠していた助手達も復帰

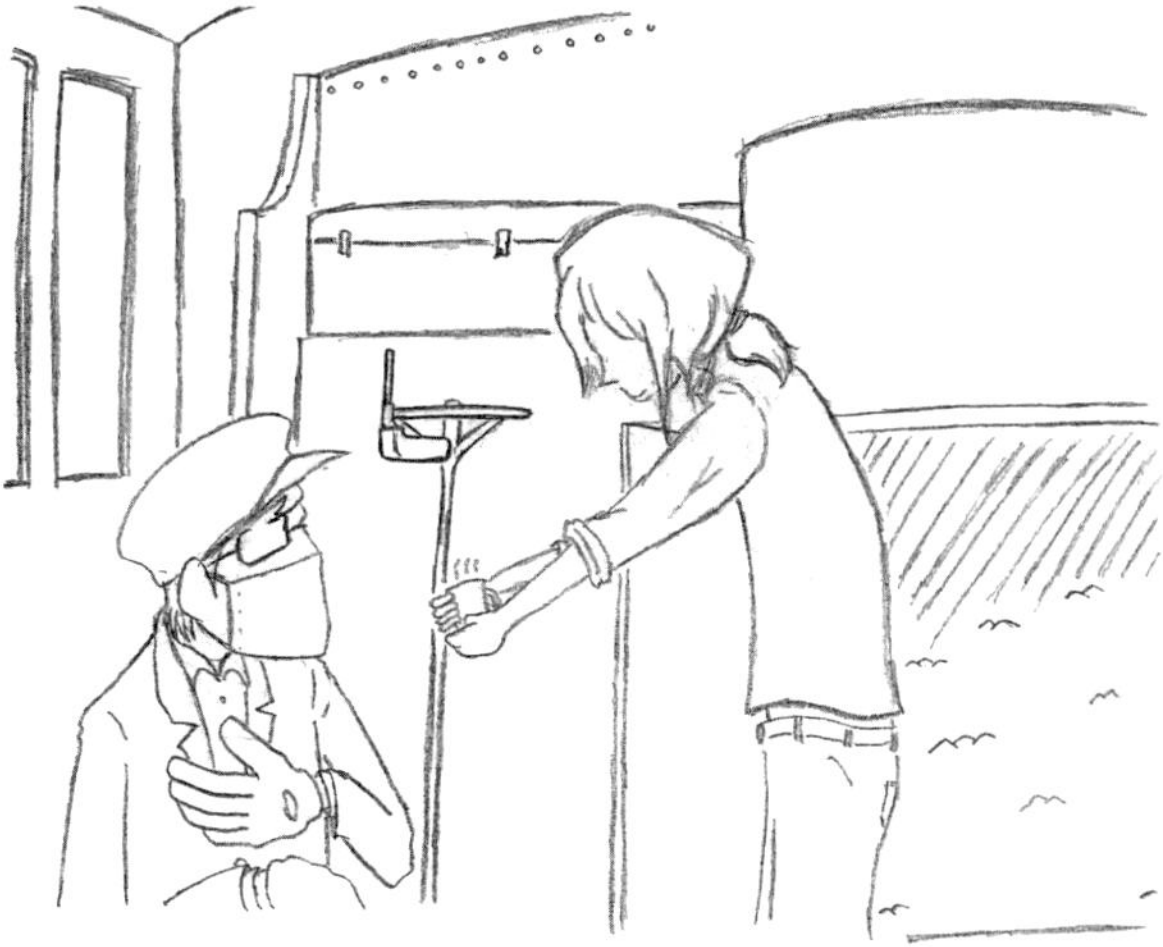

し始めた。彼女とはあれ以来、会っていない。ハリスの話では、時々、ふもとの乗り換え駅で顔を合わすことがあるそうで、この間は恋人ができたと自慢されたらしい。

思えば、彼女と出会ってからだった。わたしが自分を女と思うようになったのは。

男か女か、生まれた時点で与えられるものが全てならば、わたしには、自分がどちらかなんて考える余地はないと思っていた。

けれど、もし、彼女のように心の声に従い、与えられたものとは違う道を選ぶことも許されるならば、わたしも自分の好きな方になれるのかもしれない。

はっきりと、今日からわたしは……と決めたわけではないが、自分を女と意識すると、とてもしっくり来たし、ちょっと嬉しくも感じられた。特に、ハリスと一緒にいるときは。

彼を思うと、女でありたいと思う。彼のことが好きだから、女になりたいと思うのか。わたしが女だから、彼に惹かれるのか。はっきりしたことはわからない。だから、今後、変わってしまうこともあるかもしれない。でも、はっきりさせなくていいとも思う。なににしても、今あるこの気持ちがわたしの気持ちなのだから。

ハリスのことを好きなのも、わたしが自分を女だと思うのも。きれいな女の子を見ると、憧れと同時に、嫉妬の情を抱くのも、全て……。

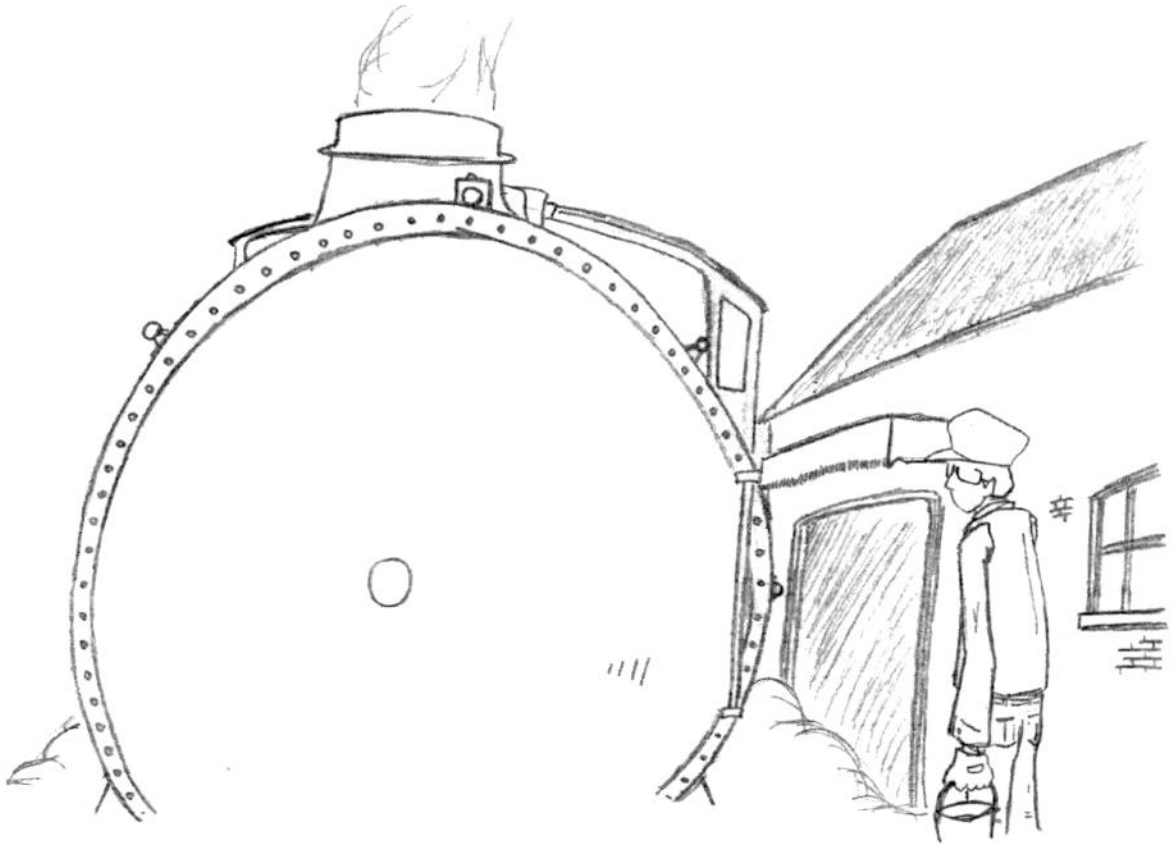

第四章　一番の仕返し

わたしには、心がある。だから、女性になりたいと思うし、ハリスを好きだという想いも持っている。

けれど、心があるというのも、ときには考えものだ。心があるから、悲しい思いもするし、悔しい思いもする。ときには、コントロールできない感情から、間違いを犯し、後悔して、胸を締め付けられることになる……。

「今日は、お役所の人達が視察に来る。」

普段は、きれいにクリーニングした制服が汚れるのを嫌って、滅多にわたしの前には姿を現さない駅長が言った。もちろん、わたしにではなく、わたしの隣に立つ機関士の彼にだが。

「この駅を見にだ。そのために、行きはお前さんの列車に乗ってくる。くれぐれも粗《そ》相《そう》のないようにな。機関車をぴかぴかに磨いておけ。」

駅長はそう言うと、もったいぶった歩き方で機関庫を出ていった。普段は、水がもったいないだの、無駄な労力だのと言って、わたしがきれいにしてもらっていると、嫌な顔をするくせに……。

「さて。せっかく、駅長のお許しが出たんだ。とことん、きれいにするとしよう。」

布切れを持ったハリスが言った。

でも、特別なことは何もない。彼はいつもと変わらず、時間の許す限り、わたしの車体《ボディ》を丁寧に磨いてくれた。それから、車輪一枚一枚に油をさして回る。

トクトクトクトク！

ああ、古いピストンには、これが一番だ。ハリスは、わたしに何が必要なのか、ちゃんとわかってくれている。わたしは、幸せな機関車だ。

ポーッ！　ポーッ！

やがて、始発列車を出す時刻を迎えると、わたし達はいつものように、頂上の駅とふもとの駅との間を行ったり来たりし始める。昨日の晩に降った雨の雫が木の葉に溜

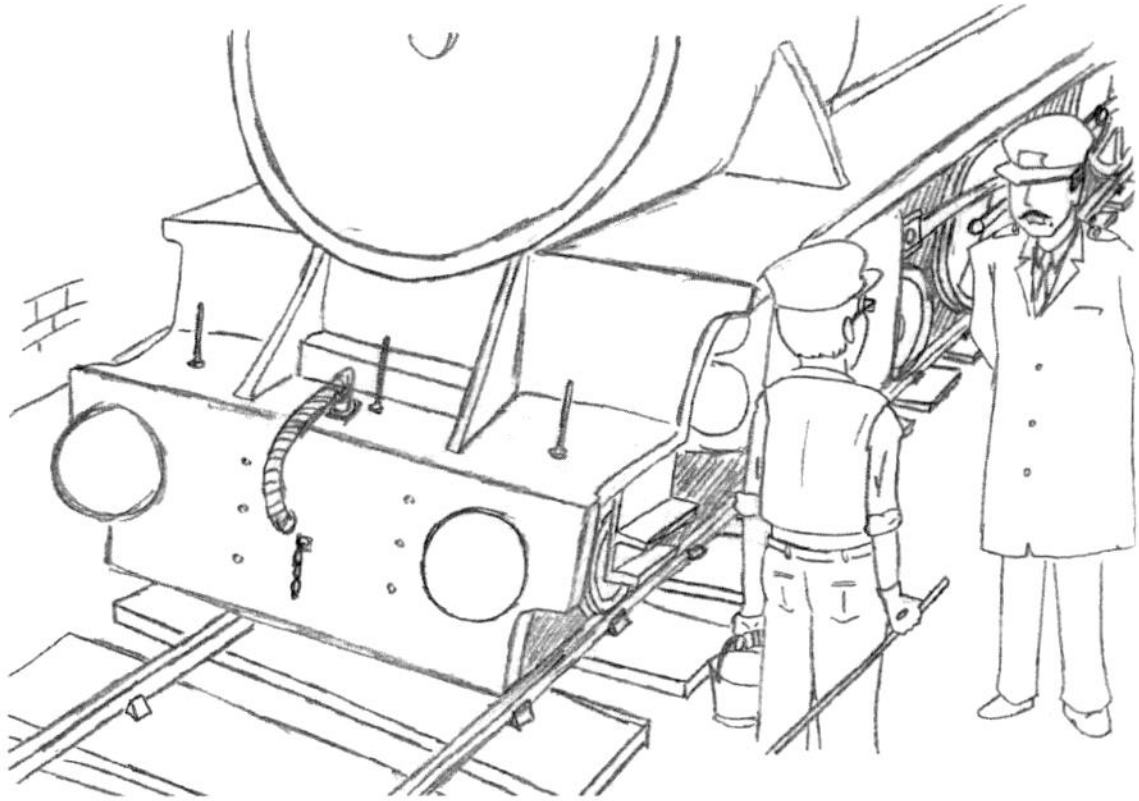

まったままになっており、わたしが煙を上げて、そばを通り過ぎると、それらが客車の屋根に当たって、パラパラという音を響かせた。

ウーシューッ！

時計が九時を回った頃、わたしがふもとの駅にやって来ると、ホームに、ふもとの駅の駅長と黒いシルクハットを被った、いかにも立派な風貌の紳士達数人が待ち構えていた。ああ、これが今朝、うちの駅長が言っていたお役所の人達か。

次の列車の準備が整うまでの間、ふもとの駅の駅長は、ずっと、彼らの相手に付きっ切りになっていた。頂上の駅の駅長が、わざわざ、早朝に機関庫を訪れて、ハリスに釘を刺していったことも併せて考えると、お役人というのは、よほど、偉い人達なのだろう。

カチャン！　カチャン！

一方、わたしの機関士はと言うと、向こうの様子を気にしつつも、出発の準備に忙しかった。

まぁ、ハリスは愛想のいい方じゃないし、こちらにいる方がいいのかもしれないね。

すると、お役人の一人が、その一行から離れて、こちらに歩いてきた。

機械油の補充を済ませ、機関室に戻ろうとしていたハリスも、その人物に気付き、足を止めた。

「やあ、君達か。」

比較的がっしりした体躯に、小麦色の肌。どことなく自信に満ち溢れた顔つきで、わたしの機関士とは真逆の印象を与えられる。この人、どこかで見たことがあるような……。

ああ、思い出した。以前、発車寸前で駅に入ってきて、無理やり列車に乗り込もうとした、あの男だ。それに加えて、ホームで子どもを突き飛ばしたから、わたしが彼に向かって、蒸気を……。

「ああ、これはこれは。」

ハリスも彼のことを覚えていたようで、彼と対面したわたしの機関士の表情は、心做《こころな》しか、引きつって見えた。

「あのときは、失礼を致しました。」

「いやいや。それより覚えていてくれて、嬉しいよ。僕にとっても、あのときのことは忘れられないことだったからね。」

最初に目が合ったときから終始、こちらに笑顔を向けていた彼だったが、最後の一瞬だけは、その眼に強い敵意が感じられた。

「今日も、君と、君の機関車の世話になるからね。よろしく頼むよ。僕は今日、ここに来るのを楽しみにしていたんだ。」

彼はそう言って、ハリスの肩をポンと叩くと、他のお役人達と共に、わたしの後ろに連なる客車へと乗り込んでいった。

「嫌なお客が来たものだね。」

ハリスが呟いた。そのお客が姿を消した客車の扉にじっと釘付けになっていたわたしに向かって。やっぱり、彼も、あの人の様子に何か得体の知れない嫌な感じを覚えていたらしい。

「だが、来てしまったものはしょうがない。とにかく、僕らの仕事は、頂上の駅へ乗せていくところまでだ。そう悪いことは起きないよ。」

ハリスの言葉には、いつも、わたしへの思いやりが感じられる。そして、それは信じるに値すると思えるものだった。だが、今回ばかりは、それも彼の希望的観測に過ぎなかったみたい……。

ポーッ！　ポーッ！

雨粒に濡れた線路のせいだろうか。それとも、いつもはいないお客を乗せたせいだろうか。客車はいつもより重たく感じられ、わたしは息が切れてしまった。

ウーシューッ！

その結果、頂上の駅へは定刻よりも八分遅れでの到着となり、これが、わたしの受難の始まりであった。

列車を降りたお役人達一行はまず、満面の笑みで両手を揉み合わせ、しきりに見えない石けんを泡立てている駅長に連れられ、駅舎の中へと消えていった。それからしばらくして、建物の外へと出てくると、今度は、操車場の中をぐるりと見て回る。このとき、わたしがその一行の見学コース上で、次の発車までの待ち時間を過ごさなければならなかったことも、不運なことだったと言えよう。先ほどの彼は、駅長や他のお役人達の交わす会話に耳を傾けながら、時折、メモ帳に何かを書き入れつつも、終始黙って、一行の最後尾を歩いていた。

ところが、いざ、一行の足が給水塔の前で止まり、話題の中心がそこに停車するわたしに向いたかと思うと、彼はいきなり、中央に躍り出て、それまで蚊帳の外にいたはずの駅長達の話に割り込んできた。まるで、わたしやハリスに聞かせんとばかりに、派手な身振り手振りのおまけ付きで。

その内容は……。

シューッ！　シューッ！

思い出すのも嫌なものだった。

蒸気機関車がディーゼル機関車にとって代わられるようになったのには、いくつか理由があるのだが、一つには大量の石炭と水を消費しながらも、そこで生み出されたエネルギーのほとんどがピストン弁には伝わらず、無駄になっていたからだ。ものによっては、九十パーセント近いエネルギーが煙突から逃げていってしまっていたとも言われている。また、機械が複雑で整備に手間がかかるという欠点もあるし、ディーゼル機関車みたいに前向き、後ろ向き、どちらでも自由に走れるわけではないので、蒸気機関車を使う鉄道は、給炭所、給水塔に加え、終点の駅には機関車の向きを変えるための転車台も設置しなければならない。

このように、わたし達蒸気機関車には、その存在が危ぶまれるほどの弱点があるわけだが、例の彼は、あたかも質問するふりをして、そのアキレス腱を容赦なく突いてきたのだ。そして、先ほどの走りで遅れを出したことも、もちろん、彼は見逃してなどくれなかったので、しどろもどろになりながら、彼に対して直接受け答えをしていた駅長の顔色もみるみるうちに、むらさき色へと変わっていった。

そして、最後に、彼はわたしを指さして……。

「お払い箱にすべき、か。」

やはり、わたしのそばで作業していたハリスの耳にも、彼の言葉は届いていたようだ。

「気にしなくていい。いくら、彼がお役所の人間でも、君をすぐさまお払い箱にするなんて、できるわけないんだから。」

一行が再び、駅舎の中へと姿を消したのを見届けた後で、ハリスがわたしに言った。次の列車の発車時刻も迫っていたので、そのときはわたしも、このことについて、それ以上、考えることはせずに済んだのだが……。

怒りという名のやり切れない気持ちが込み上げてきたのは、夜、機関庫で一人になってからだった。

……なんで、あいつにあんなこと言われなきゃいけないんだろう。列車の発車時刻も守らない、あんな非常識なやつに。

いくらおんぼろとはいえ、わたしだって、ほぼ毎日休まず、もう何年もずっと、一人でこの支線の時刻表《ダイヤ》を守ってきたっていうのに。

そりゃあ、いつもいつも定刻通りに走れていたわけじゃないし、故障して、他の機関車に助けてもらったこともあるけれど……。

でも、わたしはずっと、頑張ってきたんだ。不真面目な助手がよこされても、理不尽な文句を乗客から言われても、真夜中に急遽、臨時列車を引くことになっても。ハリスと一緒になんとか耐えて、こなしてきたっていうのに。

わたしはかなり頑張っている方だと思っていたけれど……。

自己満足、だったのかな、全部……。

夜に一人で考え事はしない方がいいと、昔、誰かが言っていたが、その通りだ。その夜は、ほとんど、眠ることができなかった。

そして、翌朝……。

「一体、どうしたと言うんだ?」

「わかりません。夜明け前から火を起こしているのですが、蒸気が全く上がらないんです、駅長さん。まるで、機関車が動くのを嫌がっているようで……。」

「そんな馬鹿なことがあるものか。また、どこか故障でもしているんじゃないのか?」

「いえ、どこもおかしいところはないんです。火は十分燃えていますし、水もちゃんと入っているのですが。」

「では、ハリスを呼べ。あいつが昨日、変なところをいじって、機械を駄目にしたのかもしれん。」

……。

「おはようございます。」

「おい、ハリス。お前さんの機関車がどうしても蒸気を上げん。もう三十分もしたら、一番列車を出さなければならんというのに。なんとかするんだ。」

「わかりました。では、もう一度、ひと通り調べてみましょう。」

……そんなことしても、無駄だよ、ハリス。わたし、もう、疲れちゃった。さっきだって、聞いたでしょう。駅長の、あの傲慢なものの言いよう。

そりゃあ、こんな時代遅れの蒸気機関車、使ってもらえるだけ、ありがたいと思わないといけないんだろうけど……。

こんな報われない日々がこれからも続くと思うと、ありがたがってまで、これ以上働きたいとは、わたしには思えないんだ。

「もういいっ！」

ハリスが見て回っても、一向に蒸気の上がる気配がないことに業を煮やし、とうとう、駅長は機関庫から出ていった。他の作業員達も、駅長のそのご立腹な様子に圧倒されつつ、彼に続いて、機関庫を後にする。そして、ハリスも……。

辺りは途端に静かになった。


ガチャ！

やがて、ハリスだけが一人、戻ってきた。

「あと五分待って、蒸気が上がらなければ、別の機関車を手配するそうだ。」

真正面に立ち、わたしの顔をまっすぐに見据え、ハリスが言った。

「故障でも燃料の問題でもない。君が意図して、動こうとしていないんだ。昨日、あの人が言ったことを気にしているのかい？」

……やっぱり、ハリスはすごいな。わたしの考えていること、全部、お見通しだもん。それでまた、いつもみたいに優しい言葉をかけられて、わたしが昨日の夜、一人で思い悩んでいたこととか、今のこの気持ちやなんかもみんな、きっと、うやむやになっちゃうんだ。

だけど、今回は……。今回だけは……。

「でも、悪いけど、僕は仕事をするよ。君が動かなくても。」

……っ。

「だって、あの人に言われたことぐらいで、二人揃って仕事を放棄なんかしたら、負けたことになるからね。もっとも、いつもいつも勝たなきゃいけないってわけじゃないけれど。でも、もったいないよ。こんなことぐらいで。」

……。

「わかっているよ。理不尽な思いをしてきたのは、君だけじゃないからね。だけど、いや、だからこそ、僕はこう考えることにしている。ああいう人達への一番の仕返しは、彼らの否定した僕らが、問題なく働けているところを見せつけてやることなんだって。」

……。

「もちろん、君にそれを強制するつもりはない。ただ、君がこれまで頑張って積み上げてきたものを、彼や彼みたいなどうでもいい連中なんかのために、ふいにはしてほしくない。ずっと機関室の窓から、君を見てきた者としてはね。」

……。

「さて、もう五分経ってしまったかな。」

彼はそう言って、腕時計を見ると、出入り口の扉に向かって、歩き始めた。

コツ、コツ……。

静寂に包まれた庫内。いつもならば気にならない彼の靴音が響く。

〝ま、待って！〟

シューーーッ！

わたしのシリンダーから、蒸気が噴き出した。彼が振り返り、わたしを見る。

「……。」

庫内いっぱいに溢れた真っ白い蒸気のせいで、一瞬、彼の姿が見えなくなる。しかし、再び姿を現した彼の顔には、笑みが浮かんでいた。煙が染みたのか、目には涙を溜めながら。

それから先は嵐のように支度が行なわれ、十数分後には、わたしは客車をつないで、いつものように、お客さん達の前へと姿を見せていたのだった。

走行中、彼は一言も発しなかった。でも、ハンドルをしっかり握るその手からは、自己嫌悪に押し潰されそうなわたしを励まそうとしてくれているのがひしひしと伝わってきた。

ポーッ！　ポーッ！

こうやって片意地張って生きているとさ、あるんだよね、たまに。人の想いが身に沁みるときが。それで心が痛むと、あっ、わたしにも人の心があるんだな、って感じるんだ。

第五章　わたし達の行方《みらい》

　わたし達機関車は、石炭を燃やし、その熱で水を沸騰させ、蒸気をつくり出す。そして、その蒸気の圧力——つまり、ものを押す力——によって、ピストンを動かす。ピストンが車輪を回すので、わたし達は走ることができるというわけだ。
　ちなみに、ピストンで動く車輪のことを〝動輪〟と言うのだけれど、この動輪が大きい方が、スピードが出しやすい。だから、動輪の大きい機関車は、旅客列車を任される。逆に、動輪の小さい機関車はパワーがあり、重たい貨物列車を担当することが多い。
　さて、それではわたしはと聞かれると、実

は、貨物も旅客もどちらも引けるようにつくられた、いわゆる万能型機関車なのである。

「古くなった部品を交換して、傷んでいるところをきちんと修理すれば、客車なら十数輛、石炭の貨車なら四十輛は引くことができる。君は、とてもパワフルな機関車なんだ。」

ハリスも以前、こんなふうに言ってくれたことがあったっけ。

あれ？　なんだか、自慢みたいになっちゃったけれど……。でもね、それはそれで厄介なこともあるんだよ。貨客両用だからって、初めから赤いラインが入っただけの黒一色塗装で、旅客専門の機関車みたいにおしゃれな色に塗ってもらったことなんてないし。それに、この比較的大きな動輪だって、その全体が外に見えているのは、女性が脚を露出させているのと同じように、はしたないなんて言ってくる人もいるし……。

えっ？　なんで、急に、こんな話をしているのかって？

それはもちろん、自分のことをもっとよく知ってもらいたいから。今まで、わたしが自分の物語を話してきたのと、理由は同じ。そうして、自分が受け入れてもらえるのかどうかを手探りで確かめているのかもしれない。

それに、今まで、さも当たり前のように、蒸気機関車であるわたしの話をしてきてしまったけれど、よく知らない人がいたらいけないと思って。今時は、機関車、イコール、蒸気機関車とは言えないみたいだから。

ホー！　ホー！

ふくろうの鳴き声が、壁の向こうから聞こえる。その日も、まだ日の出を迎えないうちから、作業員達がやって来て、出発前の準備をしていた。すっかり冷え切ったかまに火が入れられ、次第に、ボイラーに張られた水もグツグツと音を立て始める。

コンコン！　ガタガタ！　ザーザー！

小気味よい物音を立てながら、準備を進める作業員達に囲まれ、わたしはいい気持ちで微睡《まどろ》んでいた。すると……。

出入り口のそばから、こんな声が聞こえてきた。わたしは、

「あれ、ハリスさん？」

〝おや、ハリスが来るにはまだ少し早いはずだが……〟

と思い、片方の目を開けた。けれど、その開かれた視界の中央で、作業員一人ひとりに挨拶をしながら、こちらに近づいてくる人物は、確かに、わたしの機関士である

彼だった。

「今日はえらく早いご出勤ですね。」

「いえ、実は昨日、夜勤を交代しまして。貨物列車を運転して、今、帰ってきたところなんです。だから、今日は午後からの出勤になるので、その分の引き継ぎに。」

ハリスはそう言うと、機関室へと姿を消した。そして、しばらくすると、また、姿を現し……。

「あとは代わりの機関士が来て、やってくれるから。しっかりね。」

と、他の作業員達に気付かれないように、こそりと、わたしに囁《ささや》きかけ、機関庫を後にした。

引き継ぎなんて言っていたけれど、本当は、わたしに伝えに来てくれたんだ。だって、機関室に上ってきても、ただ無意味に手近な物の配置をいじっていただけで、特に何かしていたわけじゃなかったもの。本当、素直じゃないんだから、ハリスは。

と、そんなことを思いながら、窓の外に目をやると、まだ、そこには彼の姿があった。さっきはいつもと変わらない様子だったけれど、やはり、徹夜明けで疲れているのだろう。普段から猫背気味だが、彼の背中はいつもより、さらに丸くなっていた。

不意に、彼がぐーっと背伸びをした。

ふーん、やっぱり、改めてみると、結構、大きいんだなぁ。力仕事中心の助手を担当する人達みたいにがっちりしているわけじゃないけれど、肩幅もいくらかあるし。包容力、っていうのかな？　優しく受け止めてくれそうな雰囲気が滲み出ている。もし、わたしが人間の女の子だったら、きっと甘えて、頼って、わがままに付き合ってもらってばかりなんだろうな。まぁ、今もそんなに変わりはしないんだけれど……。でも、それはそれで、きっと、いいペアかもしれないよね。

彼と、人間の女の子になって、おしゃれに着飾ったわたしとが並んでいるところを想像してみたりして……。

ふふっ。ちょっと素敵だな、と思ってしまった。

「おはようございます。」

独りよがりな夢想に浸っているところ、出し抜けに、元気な挨拶が飛んできて、わたしは現実へと引き戻された。見ると、ハリスに続いて、窓の向こうにショートヘアの女性が一人、現れる。あれは、切符売り場のあの娘《こ》だ。あの日以来、ハリスとはちょっと親しくしてくれているみたいだけれど……。

話の内容こそ聞き取れなかったが、わたしの視界からは、窓越しに、二人が楽しそうに話している様子がしっかりと見えていた。と言っても、未だ、彼女と話しているときの、ハリスのそのつくり笑顔で固めた表情からは、若干の緊張が見受けられるが。

でも、あのハリスがちょっと無理してでも笑顔を見せているってことは、その人に好意を持っているってことだよね。彼が特にどうとも思っていない相手に、あんな笑顔を見せるはずがない。わたしにだって、そうそう見せてはくれないっていうのに……。

そのとき、急にまた、わたしの心をきゅーっと締め付ける何かが襲ってきた。彼女に対して、ハリスが初めて浮かべた笑顔を見た、あのときと同じように。

ウーシュー―ッ！

二人はそのまま、駅舎の建物の中へと消えていった。

わたしには入り込めない彼らの世界。いくら、わたしが自分を女だと思っても、それは所詮、ただの自己満足。ハリスは人で、わたしは機関車。人間の男女が思い描けるような未来が待っていないことぐらい、わかっている。

それなら、わたしが彼のことを好きでいる意味って、何なのだろう？　ただ、切なくて、みじめな思いをするだけ？

きっと、これから、もっと、それを思い知らされるんだ。

わかっている。わかっていた、つもりなんだけれど……。

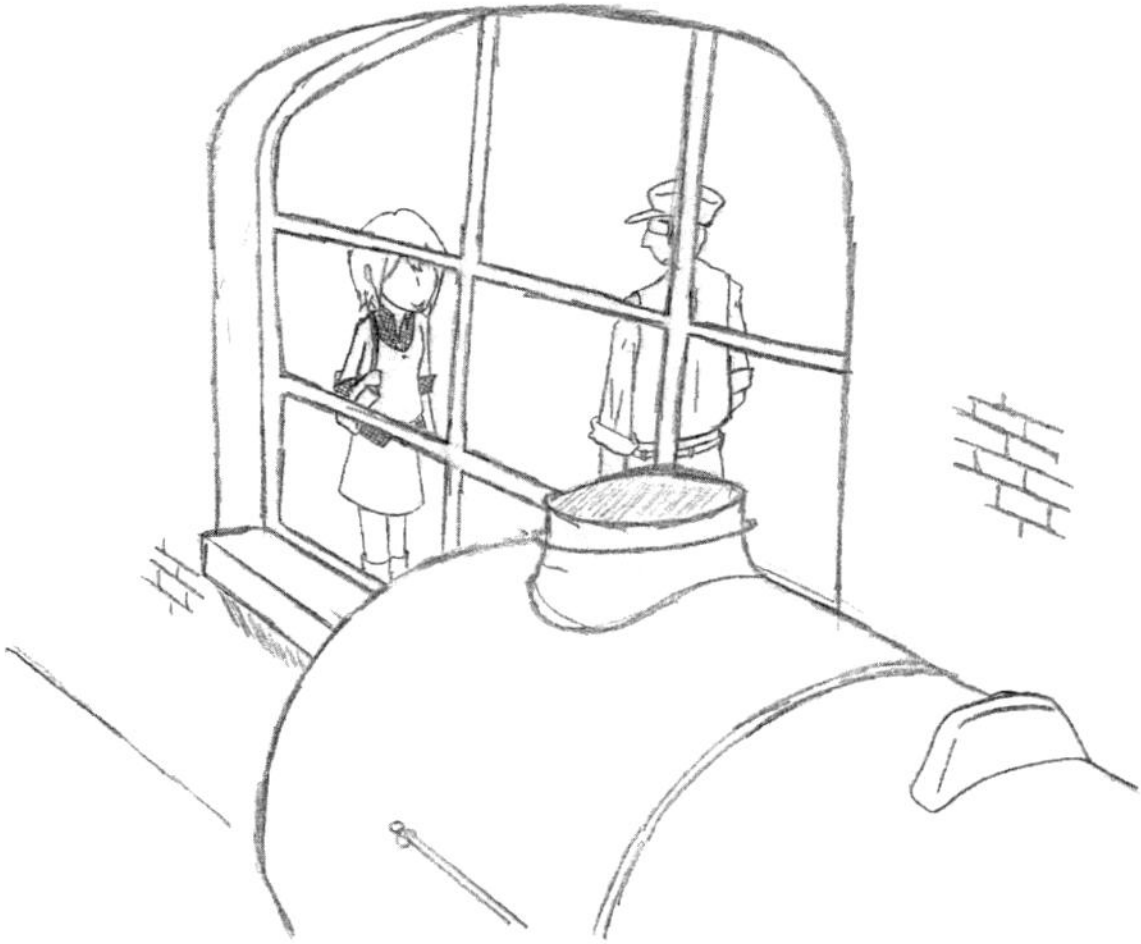

「出発進行！」

悩み事があっても、仕事はしなければならない。心が折れてしまいそうだから、なんて理由で休んだりしたら、この間みたく、ハリスに何と言われるか、わかったもんじゃないし。

ポーッ！　ポーッ！

でも、実際、仕事があって、よかった。人々で賑わう駅と駅との間を行ったり来たりしている間は、他に余計なことを考えずに済むから。特に、客車の重みと闘いながら、丘を上っているときは。

ウーシューッ！

お昼前最後の列車を引いて、頂上の駅に到着すると、客車が切り離され、わたしは待避線へと移された。息をつく暇もなく走っていたわたしの車輪に、どっと疲れが押し寄せてくる。でも、幸い、次の列車が出るのは一時間後。機関士達にとっては、この待ち時間がお弁当の時間となる。わたしもここで石炭と水を補給する。

ジョボボボボボ！

炭水車が重くなるにつれて、さっきまで心にかかっていた靄《もや》のようなものが、少しずつ晴れてきた。炭水車の水槽がいっぱいになる頃には、ハリスも到着し、代わりを務めていた機関士と交代した。そろそろ、客車をホームへ連れていく頃かななどと考えていると、少し前から姿の見えなくなっていた助手が突然、駅舎の方から駆けてきた。

「何かあったんですか？」

「ああ。私も今、聞いたところなんだが、本線で急行列車を引く予定のディーゼル機関車が出発直前に故障したらしい。とりあえず、別の機関車に急行をつないで出発させたそうなんだが、その機関車というのも、入れ換え用のタンク機関車なので、とても終点の駅までは走れそうにない。だから、そのタンク機関車に代わって、我々に急行列車を引いてほしいとのことなんだ。どうだい、一つ、やってみないかい？」

ハリスより年上の助手は乗り気のようだが、ハリスの方はというと、腕を組みながら、難しい顔をして、わたしの方を見上げてきている。

急行列車は、この鉄道の本線の始発駅から終着駅までを、途中駅での停車一度だけで結ぶ旅客列車である。大勢の人々が利用するため、とても重くて長い列車になるのだが、その分、鉄道員の間では花形の仕事として見られている。

わたしの支線は、本線の途中駅——いつも、ふもとの駅と呼んでいるところ——から分かれて、山の頂上にあるこの駅へと続いているわけだが、急行列車の目指す終着駅へは、それよりもずっと長い距離を走らなければならない。わたしには石炭と水を積む炭水車があるので、長距離には向いている。元々、そういった用途でつくられたのだし。

しかし、長距離列車を引くことなど皆無の、今の仕事を始めて、数年。この支線の往復ですら、近頃、息の上がっているわたしに、そんな大役をやり遂げられるのだろうか……。

ところが、不安げにわたしを見上げていたはずのハリスが不意に口角を上げ、周囲が気付くか気付かないかわからないぐらい小さく、目配せをしてきた。

「わかりました。やってみましょう。」

そう言うと、彼は早々と仕事に取りかかった。わたしはまだ少し、心の準備が整っていなかったが、さっきの、目配せをしてきたハリスの笑顔を思い出すうちに、だんだん、やる気が出てきた。

ポーッ！　ポーッ！

まずは、ふもとの駅へと向かう人々を乗せた客車をつないで、支線の線路を下っていく。通常は急行列車が止まる駅ではないのだが、今日はこのふもとの連絡駅で、急行を引き継ぐ手筈になっているのだ。

ウーシューッ！

到着するとすぐに、連結が外され、わたしは愛着ある客車達を残して、いつもは入らないホームの反対側の線路へと移動した。そして、そのまま、ハリス達と共に、急行列車の到着を待つ。

「……。」

やはり、タンク機関車では、決められた時間通りには走れていないようだ。

「ううむ、遅いなぁ。普段なら、もう、この駅を通過している時間なんだが。どうだ、遅れはいくらか取り戻せるかね？」

懐中時計を片手に、ふもとの駅の駅長がハリスに尋ねた。

「そうですね。まぁ、できる限りはやってみます。いずれにしても、この機関車に引っぱってもらう以外に選択肢はありませんから。」

ハリスの返答を聞き、駅長が疑わしげにわたしを見る。すると……。

「でも、大丈夫だと思いますよ。さっき一度走っただけですが、今日は特に調子がいい。遅れを取り戻すのだって、全く不可能ってわけじゃないと思います。」

「……。」

ハリスの珍しく自信に満ちた言葉に、駅長も返す言葉を迷っている。そこへ、ようやく、二台のタンク機関車が長い長い列車を引いて、到着した。

ピーッ！　ピーッ！

連結を解かれたタンク機関車達が甲高《かんだか》い汽笛を鳴らしながら、列車を離れる。その足取りからは、客車の重みと慣れない長距離が相当こたえていることが見て取れる。

シューッ！　シューッ！

ポイントが切り替えられ、わたしは線路に砂を落としながら、客車の方へとバックしていった。そして、客車が揺れないように、ゆっくりと、静かに緩衝器《かんしょうき》を当てる。

キー、コン、ガチャン！

助手が、わたしと客車とをつなぐ連結器を固く締めた。

旅客列車を引くこと自体には、わたしも慣れている。しかし、いつもは多くても

四、五輛の客車を引いているわたしの後ろに、今はほぼ倍の十一輛の客車が連なっている。最後尾の車掌室からこちらの様子を窺い、笛をくわえる車掌の姿も、いつもよりずっと遠い。

「いいかい、どんな列車でも走り出しが肝心だ。時間は気にしなくていい。車輪にしっかりと線路を掴ませて、前進していくんだ。」

緊張で震えていたわたしの耳に、機関室からハリスの声が届く。助手はかまに石炭をくべるので忙しく、彼が機関車《わたし》に話しかけていることなど、気にも留めていなかった。

ピリピリピリリッ！

車掌の笛が鳴り、緑色の旗が振られた。

「出発進行！」

ハリスが慎重に、加減弁を開いていく。ピストン弁が押されているのが伝わってきて、わたしもゆっくりと、ピストンを動かした。車輪が回り始めると、十一輛分の客車の重みが、ズシンと、のしかかってくる。

「慌てるな。客車は重いから、動き出せば、自然にスピードも上がってくる。まずは、自分の動きをしっかり、客車に伝えていくんだ。」

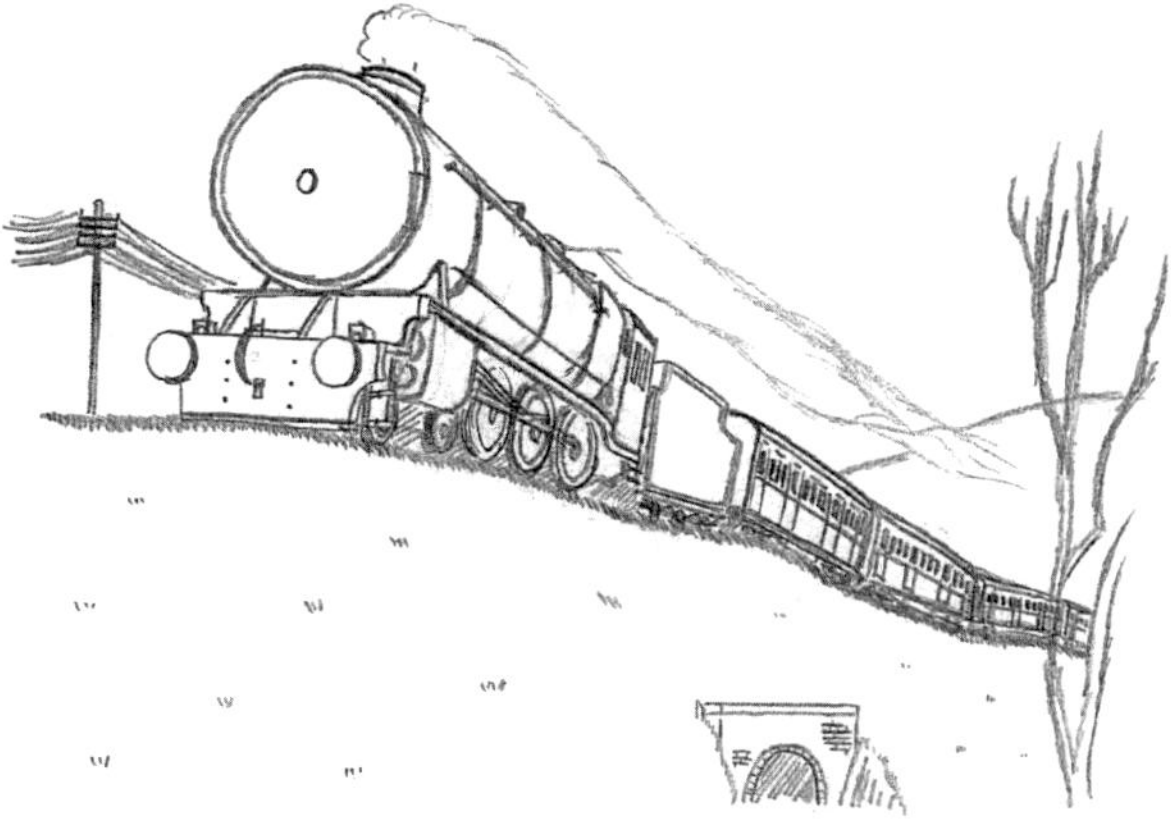

彼はそう言って、また、少しずつ、加減弁のハンドルを下げていった。

ポーッ！　ポーッ！

こういうとき、ハリスみたいに、技術のある機関士が乗っていることほど、機関車にとって、心強いことはない。それももちろん、今までの関係や彼の慎重な性格があってのことだが。

客車も無事に走り出し、列車は再び、本線を進み始めた。蒸気の出もよく、わたしは本線の長くまっすぐに伸びた線路をすべるように走っていく。

あまりにもなめらかに走るので、自分達が進んでいるのではなく、周りの景色がベルトコンベアにでも乗って、後ろに流れていくかのように感じられた。

と、言っていたのは、確か、車掌だったっけ。後で知ったのだけれど、出発前、ハリスもああは言いながら、実は、この遅れはもう取り戻せないだろうと思っていたんだって。でも、わたしが思いの外《ほか》、調子よく走るので、希望が湧いたらしい。わたしは、ハリスがああ言ってくれたから、希望をもって走れたのに。なんだかおかしな話だ。

ウーシューーーッ!

結局、急行が終点の駅にたどり着いたのは、定刻より五分遅れてのこととなってしまった。しかし、ホームで待っていた終着駅の駅長は喜んでいたし、この緊急事態を知ってか知らずか、降りてきた乗客達の中にも不満そうな顔をしている者はいなかった。本線で一番の急勾配を越えて、ここまで走り抜いたわたしは、まだ、心臓代わりのボイラーがバクバクしていたが、そんな彼らの様子を見て、ホッとした。機関室から降りてきたハリスも、彼らを全員見送ると、安堵の溜め息を漏らす。

それから、おもむろに、わたしの方へと歩いてきて……。

「よく頑張ったね。」

そう言って、わたしを撫でてくれた。ボイラーがとても熱いのを我慢しながら。

わたしにハリスの子どもはつくれない。

キスすることも、抱きしめてもらうこともできない。可愛い洋服を着て一緒にデートすることも、早起きして朝ごはんを作ってあげることも、夜遅くまで電話でおしゃべりすることも……。

でも、それでもいいんだ、って思えるようになった。

だって、一緒に急行列車を運ぶなんてことは、他の女の子では、絶対、真似できっこないでしょう。

わたしにはできないこともあるけれど、わたしにしかできないことだってある。

機関車のわたしは、機関車だったから、彼のことを好きになれたのかもしれない。

わたししか知らない、彼の魅力。

きっと、それは、あの切符売り場の彼女でも経験できない。わたしだけの想い出。

わたしだけが共にしてきた、大切な、彼との軌跡なのだ。

著者プロフィール

好郷 えき（こうざと えき）

1991年、東京都生まれ。幼い頃より愛好していた『きかんしゃトーマス』に憧れ、蒸気機関車を主人公とした今作を書く。『きかんしゃトーマス』と今作について、「機関車が話すことが受け入れられている世界かそうでないか。アビーのこの物語は後者。でも、機関車という機械に思いやりを持つ人の存在が、彼ら彼女らに生命《いのち》を与えるという点では一緒です」と語る。

わたしは きかんしゃ

2021年5月15日　初版第1刷発行

著　者　好郷 えき
発行者　瓜谷 綱延
発行所　株式会社文芸社
〒160-0022　東京都新宿区新宿1－10－1
電話　03-5369-3060（代表）
03-5369-2299（販売）

印　刷　株式会社文芸社
製本所　株式会社MOTOMURA

ISBN978-4-286-22570-8